# 言霊の風

伊藤一彦
歌集

角川書店

# 言霊の風　目次

Ⅰ　二〇一八



Ⅱ　二〇一九

装幀　倉本　修

# 歌集　言霊の風

伊藤一彦

# I

# 二〇一八

## 空

人の世を映さぬ天上おもひつつ元旦の酒しづかに捧ぐ

寒《かん》まさる山の毛物ら大いなる朝陽のぼるを人より待たむ

明るさに怯むほどなり人声《ひとごゑ》も光をおびて空《くう》を行き来す

古くして古色を見せぬ空の下それぞれの郷《さと》それぞれの人

日本列島くちなはならば九州は尾《を》つぽなるらむ　淋漓たれ尾は

# 母の宮

タトゥーもつ冬雲しばし動くなく空のもなかにしづまりゐたり

一本《ひともと》に立てる寒あやめ声出さず歩まず低くただにむらさき

帰宮《きぐう》より帰宮《ききゆう》がよいと手紙来ぬなるほどならば子宮に帰る

他県から帰ることを当たり前のやうにキグウと言つてゐたら。

宮崎はわれの子宮か立春の空気つめたきをふるはせ歩む

伊《イ》耶《ザ》那《ナ》岐《キ》命と伊《イ》耶《ザ》那《ナ》美《ミ》命祀る江田神社わが家近くの北の森なり

岸の辺にころがれる石　国《くに》生みの後の遺蹟となべて言ふべし

イザナミが先に声かけて何ゆゑによくなかりしか　水蛭子《ひるこ》よ怒れ

火の神を生みてみほとを病みつひに死にしイザナミ火をくれにけり

ギリシア神話では男神プロメテウスの働きだが。

潮のおと耳より心《しん》に入れながら脱にんげんの一瞬もある

ことごとくわがつぶやきの聞かれをり遺影の父と遺影の母に

父の父早く世を去り苦労せし父なれど愚痴は全《また》くあらざりき

「人生はこれから」がつねに口癖の父のこれからをつひに知り得ず

昨年はともに詣りし墓の中に今年はおはす仏の母が

母の亡くなった深夜の月を忘れない。

照り光る大き月ありき人生はこれにてよしと母描きし円《まる》

白梅は光聴きつつ光増す人の姿の消えてないとき

矢の的

何本の傘を忘れし、何人の友と別れし　雨光り降る

縋りつくところいづこにもなき空に大虹かかる雨のあがりて

小藩に分かれゐたりし日向のくにに鹿児島県なり明治の初期は

西南の役の時も鹿児島県だつた。

負け戦に犠牲者多く出しにけり発展さらに遅れし日向

西郷軍追ひ坪谷にも官軍の来しと記せり「おもひでの記」

牧水の生まれしときは宮崎県まだ二歳にてよちよち歩き

私の家のすぐそばの神社。

大和ならず矢の的の矢的なり矢的原《やまとばる》神社しいんしんかん

明るくて楽天的でのんびりの県民性のはずが自殺率高し

小暗さが隠すものあれば明るさが隠すものあり貧困、破婚

雀子を眺め語らふ媼らは何の「殺し」か「殺し」が聞こゆ

若者はむろん老人も消ゆる村　水さらさらと毛物やしなふ

上京。

たましひが魚《うを》になるほど旨き寿司屋東京にあると聞けど行かざる

牧水の早稲田時代の最後の下宿の専念寺。新宿区原町。

百十年越えて聳ゆる大公孫樹　小枝子の訪ね来し見たるはず

十五尺の距離もちて立つ二本《ふたもと》は幹の太さの異なりてをり

いづれ小枝子いづれ牧水と思ひつつ恋の見えざる距離《ディスタンス》はかる

一本が倒れてゆかば抱《だ》きあへるに天に真向かひおのがじし立つ

死は一瞬、死後は永遠あるいは無　臘梅の花かがやき香る

夕茜

神世よりさらに昔を想ひつつ春の径ゆく光を追ひて

ふるさとに長く暮らしてふるさとの空を知れるか空は問はねど

遠来の人のごとくにおのれ棲む地の花にときに挨拶をする

方言に出づるひとりごと噓のなしお玉杓子よ近寄りて聞け

これもまた五欲のひとつさかづきに庭の菫をこよひ浮かべて

母の日にカグツチノカミの悲しみを思ふなり西のゆふぞら真赤《まつか》

啄木の母。

一人息子愛せしカツはわが子より一月《ひとつき》早く世を去りにけり

牧水の母。

一人息子愛せしマキはわが子より一年《ひととせ》遅れ世を去りにけり

わが母が息引きとりし病院の四階の部屋の今宵灯れり

吊り橋の真下の蛍見に来よと言はれて行かず魂《たま》見下ろさず

夕闇が消したる茜その一部シャツの内側にひそませ帰る

## 金の月光——平成の記憶から

元年（一九八九）　宮崎県木城町の「新しき村」へ。

白鶴のやうな武者小路房子さん訪ねて会ひき九十七なりき

二年（一九九〇）宮崎南高校で専任カウンセラー五年目。四十七歳。

日日なせるカウンセリングはじぐざぐに上り下りするスイッチバック

三年（一九九一）南の独立王朝の意気込みで創刊し、第四十号。

南《みんなみ》の会の「梁」の名は熊本の安永蕗子氏の強いこだはり

四年（一九九二）　牧水再評価の機運の中で。

大岡信、馬場あき子氏と牧水を語り論じぬ朝日マリオンに

五年（一九九三）　九月初旬に台風十三号襲来。風速五十八メートル。

夜のふけのわれに見よとぞ空中をわが家の瓦飛びて行くなり

新たなる父との出会ひ始まりぬ八十五歳に世去りし父との

六年（一九九四）最期まで自宅で妻と介護した。

給食時の会話が大事　単位制高校夜間部カウンセラーは

七年（一九九五）宮崎東高校に赴任。夕刻はいつも生徒と給食。

八年（一九九六）　読売文学賞贈賞式の控へ室で。

選評に最後の最後まで手を入るる大江健三郎氏の隣にゐたり

九年（一九九七）　北に南によく旅行した。たとへば種子島。

おのおのの在りし日の歌彫《ゑ》りにける墓をいくつも見たる種子島

十年（一九九八）宮崎県教育研修センター教育相談班に赴任。五十五歳。

親や子の来訪相談多きなり昼は林に春蟬を聴く

十一年（一九九九）福岡県八女郡星野村へ。「星の文化館」に泊。

三人の娘と妻と星野村に行きて星見き星も家族に

十二年（二〇〇〇）　小紋潤氏の嬉しい装幀。

雁書館『夢の階段』がクリスマスに届きぬパウル・クレーの鳥の絵に

十三年（二〇〇一）　長女はすでに嫁ぎ、この年に次女と三女が結婚。

羨まれゐたり娘三人のみな結婚し家出でたれば

酒の友を北に得たるよ豪快な秋田男の詩心ある酒

十四年（二〇〇二）秋田全県短歌大会に出席。

恋文を堺雅人が朗読せりラベルのボレロBGMにして

十五年（二〇〇三）第七回若山牧水賞授賞式で。

十六年（二〇〇四）県立看護大学に赴任またスクールカウンセラーとして中学校に。

週一のわたしを待つてゐる中一　わたし以外の誰とも話さず

十七年（二〇〇五）日向市若山牧水記念文学館館長になる。六十二歳。

「牧水さん、僕でいいですか」酒も歌もとても足許にも及ばねど

十八年（二〇〇六）「心の花」の先輩だつた築地正子氏。

死にそびれ生きそびれたると歌ひにし「断念」の人みまかりにけり

十九年（二〇〇七）十冊目の歌集を出版。

兵役を経ずに六十代になりたりと詠める歌あり『微笑の空』に

二十年（二〇〇八）「心の花」創刊一一〇年の会に上京。

入会し四十年の「心の花」　われを支へてくれし一《いち》の花

二十一年（二〇〇九）　母が自宅近くの小規模多機能ホームへ入居。

詩を書きし少女時代のペンネーム今も大切に九十五の母

二十二年（二〇一〇）　宮崎県内で口蹄疫感染が拡大。

二十九万七千八百頭の咎なくて殺処分されしいのちありけり

二十三年（二〇一一）　東日本大震災、東電原発事故。東北からの避難者が宮崎にも。

自転車の前かごに息子さん乗せて走りゐるなり大口玲子が

二十四年（二〇一二）日向市で「牧水・短歌甲子園」。

笹公人、大口玲子、俵万智氏の評に生徒ら固唾呑みたり

二十五年（二〇一三）ボランティアを始めて十数年。私も高齢者に。七十歳。

高齢者の施設訪ねての短歌会われより若き人もをるなり

二十六年（二〇一四）　シンポジウムで瀬戸内海の近接する二つの島へ。

牧水の岩城島、勇の伯方島　百年前と変はりてをりや

二十七年（二〇一五）　交響詩曲「伊東マンショ」の作詞を担当。

天正の少年マンショになりかはり歌を詠むとふ幸をたまはる

二十八年（二〇一六）　母が冬の深夜に急逝した。

百一年生きたるいのち吾の中に受け継がれをらむ金の月光

二十九年（二〇一七）　短歌の世界に私を誘つてくれた。

『下谷風煙録』を読みをり若き日の否《いや》いまも若き福島泰樹の

牧水と喜志子あらたによみがへる年になさむと坪谷に思ふ

三十年（二〇一八）　牧水没後九十年、喜志子没後五十年。

不条理の花

新宿の武蔵野館に『さようなら』観たり監督深田晃司の

原作は平田オリザ氏　放射能に汚染されたる近未来の日本

人間とアンドロイドの友情は花咲かせたる竹のごとしや

『さようなら』のラストシーンに象徴的な竹の花。

同じく深田監督の映画。

『淵に立つ』引き込まれ観たり上京し渋谷宇田川町のシアターに

何とも心にくい花の演出。

運命のをんなとをとこ川ぞひに求め行きしは吉祥草の花

運命に操られ生きる人間のギリシア悲劇見てゐるおもひ

映画の後のトークで。筒井真理子さんは毎日映画コンクールの女優主演賞。
筒井真理子もつとも美しく撮りたかつたと言へりカメラの根岸憲一氏

不条理はいつでも起こる不条理は誰にも起こる花咲くごとく

柳美里はホラー映画の傑作と批評したりき『淵に立つ』観て

ホラーとは日常にある日常の見えざる淵の怪奇と恐怖

水の無心

チャップリンに似た人むかうより来れば思はず頭下げて会釈す

宮崎の人はお人好しといふ批評聞きつつ微傷なきにしもあらず

強き雨あがりしのちに川霧が乳のごとくに朝を広がる

勢ひのある白雲よ一色のからだすみずみまでうごくなり

一面の灰いろの空の雲やくざ　思つた通りに雨降らし来る

長野県塩尻四首。

松の木の向かうの山は鉢伏山あをく澄めるを喜志子仰ぎき

鉢伏せるやうな生き方したる人ここ広丘を忘れしことなし

牧水があくがれならば一すぢが喜志子ならむよ魂《たま》のキーワードは

八十年かかりし顔と喜志子うたふ。
一すぢがつくりし顔を「眉逆だち三角まなこ窪み」としたたか

牧水なら上毛高原《じやうもうかうげん》と言はずしてきつとかみつけたかはらと言はむ

群馬県みなかみ町へ。

雪代の利根川知らぬ我なれど「波にあふのす」逢ふにあくがる

「万葉集」三四一三。

仰ぐのみなれば優しも雪かざる耳二つもつ谷川岳は

水上《みなかみ》にふさはしき人暮らしをり水の無心を生きてゐる人

時雨の蛙

天のこゑ聴く耳もたずくやしきにそを伝へくるる鳥がいま鳴く

葉を自分の茎で貫いて黄色の花を咲かせる。

自らを貫く心《しん》の明るさにキバナノツキヌキホトトギス灯る

今日の霧たれが歎きかわれよりも歎きぞ深きいくたり思ふ

霧の谷過ぎて出会へる空倉《あきぐら》のやうな小さき村のゆふぐれ

見苦しき姿《なり》と仕草のゆるキャラは都市に似合ふか村は要らざる

夜の空を載せて重たき高千穂の山に目凝らし立ち尽くしゐつ

笠岡市神島。亡き小見山輝氏の故郷。

海の面しづかなれるに波しぶきかからむとする神島の歌碑

「満洲にありし二年を生涯の空白ともまた否とも思ふ」（『春傷歌』）

十代の満蒙開拓青少年義勇軍の日日聞かず終りぬ

なかにし礼著『赤い月』。

いざのとき軍は国民を守らぬと波子は言ひき満州の地に

戦塵が難民を生む　世界いま二秒に一人家無くすとふ

みづからは見えねど月気まとひゐる身に責めらるるもの隠し持つ

よたよたと超《てう》あはれ蚊が霜月の書斎に入りく本読みをれば

郵便の束の上に乗り入りきたる時雨の蛙《かへる》死するな眠れ

# Ⅱ

# 二〇一九

## 南の古草

熱をもて溶かしし銀の冷えきれるやうな色なり朝明《あさけ》の空は

金箔の浮かぶみどりの茶を含《ふふ》む新しき年の啓示得むとし

空の下ながるる川と川のうへひろがる空の「持」なる一日

臘梅の香《か》を盗むごとかぎにけりいや盗みたり香りといへど

自画像の多きと無きとその相違《ちがひ》いづこより来やムンク見てゐる

叫ぶ画家叫ばぬ画家のその相違いづこより来やフェルメール見る

どんどどんど燃ゆる炎の真ん中に突き出してをり竹の先の餅

われわれの代はりと思ふ紅炎に焼かれゐる餅の顔は見えざる

瀬物より底物がよし冬の夜のひとりの酒の肴にせむは

海底の眼のなき魚を恋したる人は底物食ひしや否や

鹿と列車衝突せし記事　乗客に怪我なしとあり鹿は記載なし

線路上に轢かれ即死と思へどもせめて一行の文のあるべし

寒あやめ冬のひかりをしんと吸ひ淡き紫に庭に咲きつぐ

シリアにも咲くや　地中海沿岸が原産地とふこの寒あやめ

枝に満つつぼみら希求《けく》のかたちして天をさしたり白木蓮は

第二十三回若山牧水賞授賞式。妻からのお祝ひといふ。

かぎろひの燃ゆる心に贈られし『別離』手にせり穂村弘は

坪谷の生家訪問。

牧水の生まれし縁に穂村弘ことんと横になりて羞含《はにか》む

冬の雪もちろん春の雪もなき南の虚無を椿と分かつ

しづけさの深さが違ふと思ふなり冬の茜と春の茜は

うすらひの輝きをらむ北の春　われは南の古草に立つ

返礼

どの花も伽藍に優ると思ふなり屈み見てゐるこの小ささも

堤防の上に立つわれを一瞬にコピーしたるか夕風を追ふ

雲の間《ま》に月あかり見ゆ四苦ならず四恩におもふ生老病死

森の奥の花と鳥との合歓《がふくわん》を誰ものぞかず誰も見るなかれ

貰ひたるものばかりなり返礼の微笑して行く照葉樹林を

歌垣は照葉樹林に発すらし　あけびの雌花雄花濡れ咲く

春光台——旭川

冬の日の雪に濾過されし大気なりわれの肺腑は北の息する

南国のかりそめびとに惜しみなし白花延齢草の花の白

髪に肩にあまた降りくるこれは苞　桂の木達もつと降らせよ

春光台みどりの匂ふ樹樹のなか牧水の歌碑めざして歩む

初恋は遅きがよきか咲き残りゐるかたくりの若きむらさき

倒れ伏す白樺の幹をくろぐろの大き蟻らが憩まず走る

まなうらに昼のたんぽぽ　日本酒とアスパラの合ふ旭川の夜

## 希望

新しく書斎の南に植ゑし花梨われが見るよりわれが見らるる

五メートルの高さよりわれ見下ろさる時に濃絵《だみゑ》のやうな心を

危機意識なき人間になつたなと若き日のわれ責めてくる夜

ひそけきが多し十代の自殺者の多き日本の土に咲く花

坂と坂の行きあふところ境にて坂のこころを求め登るなり

長く長く滝見ざりけり滝さんといふ友にさへ会はず滝恋ふ

午夜の窓に三度も四度もぶつかれる蟬の希望を叶へやりたし

鳥渡りくる

水撒けるわれに近づきくる揚羽何を告げむか黒き礼服に

嵐吹くまへに花桃の熟せる実みづから落ちて蟻に奉仕す

母病みしメニエール病われも病む生まれも同じ九月の半ば

藪蘭の花のむらさきを仏壇に供へてゐたり妻は母のため

好みなる色言はざりし父なりき色のみならず食べ物も人も

実《みのる》とふ名前少なくなれる世か正字の實《み》には貝《たから》のあるを

百一歳《ひやくいち》の母の遺しし日記帳ねむれる蔵を稲妻照らす

口中の唾液一滴にくまぐまを知られてしまふあはや人体

怖ろしき孤独なりけり妻も娘《こ》も別の人なる夢を見にけり

葉のしづく見ながら心しづみゆくしづかなあめのシヅの一日

わづかなる揺れを見せつつ透明の雨に粧ふみづひきの花

鳥渡りくるころの空と思ひつつ点《さ》す目薬のひえびえとあり

娘のロンドン土産なり。

いつも持つわれの鞄は馬《ホース》の革　われを走らす不可視の闇へ

長恋《ながこひ》の長路《ながぢ》のごとく続く道往かむ重たき鞄を友に

## 秋の庭

気象予報はづるることを喜べば奇異に思はるる　自然は自然

新しき気象用語の生まれつぐ自然はいつも自然のままなれど

乙女なりし青むらさきの花消えてをぢさんびつしり狸豆の実

ほととぎすその下に咲くかたばみは艶なる姉と素《す》なる妹

「日向《ひうが》の寒蘭も見て行きたいが花よりさきに人間がゐる」（土屋文明『続青南集』）

傾ける葉と直《す》ぐ立つ葉に囲まれて花間よき日向寒蘭の花

痛き身に手入れ怠らず花咲かす　庭の生《いのち》に生かさるるひと

妻が庭にいそしむ時間と吾《あ》が机にむかふ時間といづれ長しや

春菊も人参も香《かをり》むかしほどせぬと言ひつつにんげん思ふ

銀杏を食べ過ぎながら絶滅の恐竜の世に想ひの飛びぬ

# 火の中に

日豊本線。

本線と名のありながら単線を走れる列車よく停まるなり

行き違ひの「ゆ」音聞こえず「きちがひ」の無人の駅にしばし停車す
車内アナウンスあり。

大宰府の梅花の宴に歌のなき日向の国司何ゆゑなりし
薩摩や大隅は出席してゐる。

子の名前旅人《たびと》にしたるは牧水の旅好きのゆゑのみにあらぬよ

大伴旅人にあくがれ命名をしたる旅人と酒を飲みつつ思ふ

憂へよし寂しさよしと語り飲む酒のみ旅人酒のみ牧水

いつからかかくなる日本　家の中が最も危ない場所の子らゐる

不登校の生徒は家で安らいでゐた。

二十年カウンセラーを務めたりきそのころ家は子らの隠れ場

「きく」ことはお互ひに効きまた利きて幸《さち》増すに今聴かぬ人多し

わが庭に芽を出し繁りわが庭を出でざりし葉をねんごろに焚く

カグツチが母死なしめし悲しみを桃の樹の落葉焚きつつ思ふ

火の中にまなこのごとき炎見つ一瞬にして二度はまみえず

妻のものわれが探してわれのもの妻が探してよく見つけあふ

薄赤き山のあけびの実の甘き粘りに妻もわれも心ゆく

みなかみ町。

ゆくりなく谷川岳に架かる虹見つつ入り行くみなかみ町に

雪をつむ谷川岳の静寂をより静寂に見する虹の輪

虹は無か有か不吉か吉なるか谷川岳は答へず聳ゆ

夜に虹立ちて村中を昼のごと照らしし伝説もてる谷川

谷川山麓の富士浅間神社に謂れが伝はる。

古き靴捨てたり靴がもつ過去も磨き捨てたり明日は明日なり

先の世に時間流るや後の世に時間流るや　この世は時間

# Ⅲ

# 二〇二〇

ゲンゲン

春分の日よりも早く田に入《はひ》り水はかがやく燕を待ちて

庭の桃の花のつぼみを噛みたれば天神様の味がするなり

ゆかしき名のひとりしづかの小さなる白花《しろばな》さらに大小のあり

椎葉ではヂゴクノカマノシタと呼ぶ土筆　和物にするか煮物にするか

亡き友や縁《えにし》のうすくなれる友にご機嫌ようと盃ささぐ

東京は清音の黒木《き》　宮崎は濁音の黒木《ぎ》　品はたがはず

初めての上京は高校新聞部全国大会　一九六〇年夏

会場は早大だつた。

特集の「高校生から見た安保」持参したるが持ちゆきしのみ

わが祖父は「日州独立新聞」の昭和初めの工場長なりき

売れ残りの新聞襤褸屋《ぼろや》に売りに行きし少女時代を母語りたり

映画好きでそのため女学校に行かざりし母の青春も聞さぬ

新聞とわれとの縁は祖父以来と思ひ新聞選歌なしをり

宮崎日日新聞社会長でエッセイストの宮永真弓氏の随想集。

『幻現の時計』愛蔵す幻現とはよき言葉かなゲンゲンゲンゲン

河野多恵子の父が牧水の中学の二年後輩と知りしもこの書

この現《うつつ》やがて幻となる生といへど言言《ゲンゲン》ありぬゲンゲンゲンゲン

あかときの雨ふる音にめざめたり飾りをもたぬうつつの音に

睡眠の女神

睡眠の女神のかほを知りゐるは熟睡《うまい》のひとか不眠のひとか

不眠の夜をいのち濃き夜と歌ひたる米川千嘉子さすがと思ふ

連作「不眠」を読む。

父親の肩のうしろに顔出してねむる幼のそのねむり欲《ほ》し

一行の文も書き得ぬ鬱の身を連れ出し月の光を呑ます

さなかには姿の見えぬ鬱にして過ぎたる後はさらに見えざる

魚のやうにベッドに伏して娘より背にうけてゐるアロマセラピー

この我の何を知りてかよき笑みをくれ通り過ぎし見知らざる人

佐土原茄子

鳥のやうにやがて大空飛べるよと賢治まね言ふ庭の翁草に

花言葉どほり。

微小なる粒ひとつづつ咲かす花たしかに謙虚がくあぢさゐは

小暗きに白く群れ咲く毒だみはその名しぶきの古名ふさはし

宮崎の伝統野菜の佐土原茄子五首。

おのづから作り手の人の体型に似てくるらしも佐土原茄子は

背の高き人はのつぽの太つちよの人はずんぐりの茄《なすび》のかたち

朝ごとに三百本を収穫する娘むこなりその背高を

皮薄く身は柔らかで甘みある赤紫をこよひ焼き茄子

俵万智さん。

東京のスーパーにも出てゐると教へくれたり写真つきで

宮崎の完熟マンゴーはもっと有名。

初競りに二玉十万の値がついて少しも照れぬ「太陽のタマゴ」

高野公彦さんへ。

南国の妖精または歌姫と言はれ照れてる「太陽のタマゴ」

白き花揺らす大樹は立ち話してくるる人待ちかねてゐる

徘徊をするひと世界に五千万　われも徘徊し花をたづねむ

## 切れかけ

人だからなし得ることと人だからなし得ぬことを天秤にかく

宮崎県で口蹄疫感染が拡大し約三十万頭を殺処分。

感染の拡大防ぐと健康な牛と豚なるにあまた埋めき

身のほどを知らぬ人類に仕置だと新型ウイルスの手紙の来たり

生きものを賊《そこな》ひ生きる人間が損《そこな》はれゆくを生きものが見る

うづたかき不要不急の哲学書　処分するのも不要不急なり

宮崎市で一番の夜の繁華街。

冬眠をしてゐるごとき西橘通《にしたち》にかつてなきまで足音響く

「密」でない地方がいいと軽がろと言はれてゐたり今朝のテレビに

公園の蛍光灯の切れかけの点滅に見入り去らぬ老いあり

首都圏の人がこはいといふ会話ときにひそひそ地元は語る

首都圏の人らあやふしされど今死ぬな葬儀に行くことできぬ

中今

日に照れる羽毛のごとき白き花あふぎてゐたり自転車を止め

行き先の予測のつかぬ世に映えるメディカルティーツリーの真白《ましろ》

にんげんに凶年の世となりにけり鳥はかはらず歌ひ花笑まふ

危機にこそ花鳥《はなとり》は美を掲ぐると言ひし吉野の歌びと思ふ

しづ心なき東京の人の眼《め》や朝の品川をテレビに見れば

宿主を求めさまよふウイルスの見えぬ通ひ路われら閉ぢむとす

息づかひ隠してしまふ布マスク心の中まで隠さふべしや

成り立つや　テイクアウトの食べ物の安さに店の収支を思ふ

晴れの日に距離保たむと傘をさし行く小学生ほほゑみはなし

ウイルスに高齢者われ危険なり　宿主死なば自らも死ぬ

来世まで飛ぶことはなきウイルスと安心させをり仏壇の父母を

新聞歌壇四首。

県初《けんはつ》の感染者になることが恐ろしと歌ふ岩手県より

自らを「残兵」と歌ふエッセンシャルワーカーの歌選び書き写す

主《あるじ》置き家出して来したましひに接するごとし葉書の歌は

或る媼アベノマスクを手直ししババノマスクにせしと誇らか

正念場は一度にあらず幾たびもあるらし　またも正念場とふ

世界中が伝へられつつその外に除外をされてゐる死者達

わが家に近づくとせぬ遠雷は監視の必要なしと思ふらし

当時のロシアはコレラが流行してゐた。
今宵の耳「悲愴」求めぬ突然にコレラに生を奪はれし人の

今もあるか名曲喫茶　リクエストしてよく聴きしチャイコフスキー

村上龍の小説。
解説に二十一世紀の黙示録と記されてをり『ヒュウガ・ウイルス』

致死率が九十九パーセントの新ウイルスその温床は「ヒュウガ村」なり

「ヒュウガ村」とわれ住む日向は異なれど痙攣し死ぬ村人かなし

熊本豪雨。

わが父のふるさとの国の温かきぢいぢとばあばが犠牲者なりき

「コロナ死」も水死も脳死も突然死もあり得る老いを夏の月照らす

ウイルスに罪なし水に罪のなし　人みづからが招きし試練

日向灘より黒南風が家いへの凸間《でくま》凹間《ひくま》を撫でて吹き来る

この今を中今として生きてゐるわれか　鳥はいま空に中今

月の雫

片雲のどれもかがやく秋の空　人は暗すぎる人は重すぎる

内面に紫斑をかくす蔓にんじん風に揺るるをただ目守《まも》るのみ

かかさずに妻が供へる庭の花けふ水引と白ほととぎす

ささがにの蜘蛛の視力のほぼなきが素早く動く暗き板の間を

水が湯になる音ひびく一人居の夜《よ》も「偽情報《フェイク》」に囲繞されをり

彫刻家の田中等君。

石と遊び石にこころを教へられいま恩返し石になす君

石彫と短歌のコラボの共著『MOON DROPS　月の雫』上梓。

月かげの石の面《おもて》はにんげんの出現以前のほほゑみを見す

おほけなき女石《めいし》と男石《をいし》まぐはへり石のカタチのチはイノチのチ

月の夜の二つの石に月彦と月姫の名を送りたのしむ

やはらかき命となりぬ山太郎蟹の「かにまき汁」のふはふは

夜のふけの広場の椅子に一人掛け酒後《しゆご》の空無のひとときにゐつ

傍目には孤老に見ゆる我ならむ六百万人のなかの一人に

国内の「孤老」が増えてゐるといふ。

照る月に杜甫の憂愁と牧水のさびしさ仰ぎ動かずゐたり

杜甫の五言絶句にある。

江《かう》は碧《みどり》に鳥は逾《いよい》よ白くとはこれ白鳥《しらとり》のかなしみならむ

年とるは奇怪《きつくわい》なりきうばたまの夢のシアターに見しは語らず

新しき〈我〉と知り合ふ毎日が老人にもある　黒鶇来る

一校三名の六チームが出場。いづれも実力校。

若武者の想ひは距離こえ激突す初の短歌オンライン甲子園

画面上に　うるみたる目を見せながら十八人が世界を問へり

「うるみたり　世界のただしい部分だけ集めてできている君の目が」（渋谷教育学園渋谷高校　嶋津岳大）

娘らの LINE 仲間に入りたりわれはいかなるキャラ演ずるか

芒野のなかにぐんぐん入りゆけば追ひてくるなり白の化身が

# Ⅳ

二〇二一～二〇二三

アンパンマン

今年とくに雪降り積もるみなかみの谷川の友よ閉ぢ込められて

三日間降り続き胸あたりまで積もる屋根の雪落とすとふ友

大正七年、牧水は谷川温泉を訪れた。歌集『くろ土』に作品。

七五三縄《しめなは》を家の入り口にみな張れる村人いかにと牧水うたふ

山あひの戸数少なき谷川の村までスペイン風邪襲ひしか

流行性感冒と歌にはうたひしが西班牙《スペイン》風邪と文には記しき

百年まへ世界人口の三割が感染　今なら二十億人か

牧水の訪ねた法師温泉に私も泊つたことがある。

千年の湯にひたりつつ時越えぬ弘法大師見つけたる湯に

湯枕に頭あづけてかりそめの寝釈迦となりき玉石の上に

湯のやうな柔らかき心失ひしおのれの内へ燗酒注《さ》しき

泣きながらアンパンマンを呼んでゐる路上の幼だれも助けず

道交《みちかひ》も会話も距離を持てといふ人の暮らしのまだまだ続く

人の目に触れざるところ人の耳に聞こえぬところ鳥の妻恋

我の目に触れざるところ我の耳に聞こえぬところ人の慟哭

新月の夜の暗香《あんかう》　それ以上近づき来るなと閉ざす闇あり

みやざき今昔

冬晴れの空《そら》は光のほかはなく光だけある空《くう》の充実

古事記から川端康成まで収めたる『宮崎　文学の旅』を編みたり

刊行委員会を作った。

古事記には舞台となれど日向《ひうが》の歌一首もあらず万葉集には

上司より改竄命じられ最後には殺されにける日向の書生《しよしやう》

「今昔物語集」巻第二十九。赤木俊夫さんを思ふ。

人丸が盲目の父の景清をはるばるたづね来たるは日向

謡曲「景清」。生目《いきめ》神社が宮崎市にある。

高千穂の景色が神話生みたりと白洲正子は旅して言ひき

紀行文「神の国　高千穂」。

夢賭けて破れし無鹿《むしか》　音楽を意味するラテン語ムシカに由れる

遠藤周作の短編「無鹿」。大友宗麟にも西郷隆盛にもゆかりの地。

松本清張のデビュー作「西郷札」。佐土原町に造幣局があつた。

薩軍の敗れて無価値の西郷札《さいがうさつ》生める悲喜劇いまもあらむか

「日向衆闇かぐら」。

牧歌的で言霊ふくんだ風のやうと日向弁聞きき石牟礼道子は

ほろびたる月の都が見ゆるまで日向の月はかがやきてをり

ぐいと

香をかぐは迷惑ならむ蜂ならぬわれが石蕗の花の香かぐは

早起きの尉鶲けふも飛びあるきつつ白紋をまぎれなく見す

枝により紅《あか》、枝により白咲かせ陽を浴びてをり一本《ひともと》の椿

紅と白あまた咲かする一本の椿の自認知るよしもなし

行きつけの居酒屋とほくなりにけりわれの定席《ぢやうせき》だれか坐りゐよ

家飲みの「八咫烏」に酔ひて行く先を導かるるといふことのなし

酒飲めば見えくる何か飲み過ぎて見えなくなれどそれもまた良し

福島のホテルなりしか幸綱氏と朝より「飛露喜」飲みてゐる夢

銘柄は忘れたれどもうまかりき二子玉川に大丈夫と酌み

大丈夫と飲んでゐるとき露の世とこの世思はずぐい又ぐいと

澤田瞳子著『若冲』を読む。

充実して空つぽといふ意の居士名さすが伊藤若冲とおもふ

まだ生きてゐる友の死を夢に見きわれも誰かの夢に死にをらむ

闇の奥にごろんと落ちし音せるがたましひに重さあるはずのなし

昇ることいつかあらむよ段《きだ》いくつも持ちて立ちゐる春の白雲

笹百合の花

火のやうな紅《くれなゐ》いろの雄蕊らをしたがへ白の雌蕊は待てり

笹百合を送りくれし人　幼き日に花びらをもて血ぬぐひしとふ

「葦原のしけしき小屋に菅畳いや清敷きて我が二人寝し」（古事記）
イハレビコはイスケヨリヒメ抱きけむ笹百合の香に咳込みながら

カーテンを閉め眠るまへ花びらに息吹きかけるわれの夜遊び

ウイルスの疫病《えやみ》鎮むる一人まつり佐葦《さゐ》の香りにうつしみつつむ

笹百合の花を手にもち乙女舞ふ三枝祭《さいくさまつり》はるかにしのぶ

シンクロニシティ

太古より空の夕焼けはクリムソン　無辜にはあらぬ人間を染む

陽《ひ》の没りし西の裾濃《すそご》の夏空の彩のうつろひ眺めて立てり

地球にはウイルスよりも憎らしき新参者のにんげんの一人

わざはひは人が招きし神のわざ　闇の奥よりかうもりわらふ

望の夜に白の月見草咲けるなり文明の危機にかかはりはなく

巣ごもりの宮崎ぐらし。

飛行機も地下鉄も乗らず佳人にも接せず月見草に会ふなり

軍により自由奪はるるニュース見る　黄色い線の内側のわれ

みんなみの香菓《かぐのこのみ》のかがやきは今日一日のわれを許さず

何の鍵か分からずなりしゆゑ捨てず多分一生抽出しにあり

同窓生と。

フェデリコ・フェリーニで盛りあがる白髪《しらが》のわれら　ジュリエッタ老いず

尾骶骨痛いと言へば尾の生えてくる前なりとわれら笑へり

あなにやしあなにやしと言ひ一日を終る老人になることは可や

雨の香にかすかこもれる花の香をよろこび告ぐる妻をよろこぶ

ゴキブリを夢に見しころ現《うつつ》には妻が殺ししシンクロニシティ

薬より注射より効くと妻言へり娘の本格アロマセラピーに

このわれに出会ひてあはれ左右見ず首なき蛇の草むらに逃ぐ

竹群の竹と竹とのディスタンス抜けきたる風が竹の息吐く

機嫌よく白くかがやく雲の下ラッピングなきバス快走す

今年いよよ麦を見ざりし麦の秋名残《なご》りの金を空に見てをり

里曲はづれて

我が無器用いとほしむなり父も母も無器用のまま生終へたれば

母の日のうすあをき宙《そら》若き母にもらひたる眼に仰ぎ見てをり

聖母あり聖父はあらず　若き父が子らつれ薔薇の花見せてをり

われもまた若かりし日に子らを率《ゐ》て闇襲ふまで野に遊びたりき

教壇にチョーク使ひし四十年　折りたる数は数へきれざる

初任校の生徒の同窓会で驚愕。何十枚も。

半世紀前の授業のプリントをなんと保存せる教へ子ゐたり

プリントは我の板書のみならず語りし言葉も書き込みてあり

ガリ版もガリ切りも死語　鉄筆を一本だけは残しゐつ

国際P.E.N.創立100年記念に寄せて。

ペン持たぬ国ぐにの人の苦しみをペン持つ国の人語り得や

数種類のファウンテンペン持つといへど己書きゆく文字ひとつなり

中心がややふくらめる新入りの書斎の友のラウンドスツール

娘の手作り。

真紅なる花の化身の薔薇ジャムを口に入るるによき夜《よ》の時間

丘までを里曲《さとみ》はづれて遠出せり新スニーカーに土はじきつつ

初夏《はつなつ》の古墳の丘に月を待つ祀られゐたる知らざる霊らと

祀られず地に朽ちにける人の霊　幾戦争《いくいくさ》経ていまだ土中ぞ

忍び入り夜の古墳群にまぎれたる若きわれ思ふジェラシーをもて

アルプスのハイジの夢を夏未明に見たり老女となれるハイジを

このわれが年老いるとき夢の中に出づる人らもあはれ老いるや

同年の女将と昔語りせり締め鰯食ひ冷やを飲みつつ

## 前提

いきなりの熊蟬の声むきだしの恋のこころに夏が始まる

下陰に花は狐の目見《まみ》のいろ　葉は剃刀の鋭さをもち

潮《しほ》ながす海の青さのあぢさゐが夜に泳がす月の申し子

暗く大き藪《やぶ》慰むと花びらの白きを裂きてからすうり咲く

わが庭の至るところを木の膚の蟬らの五《い》つの眼は見てをらむ

複眼二個、単眼三個。

ハンマー投げ女性選手の雄叫びに勝れる歌がありやと思ふ

ころしたる豚の膀胱ボールにし遊びしが起源とふラグビーは

日本人だからニッポンを応援といふ前提に中継つづく

勝者より敗者の弁を読みたしと思へど弁すら載らざる敗者

〈官軍〉の戦争《いくさ》終らせし『賊軍の昭和史』を読む雨の八月に

〈薩長史観〉が前提でいいのかを問ふ。半藤一利・保阪正康共著。

光政や成美《しげよし》ならば糾弾せむ「復興五輪」といへる虚言を

米内は盛岡、井上は仙台の出身。

宮崎市橘通二丁目付近。

われ遊び育ちし街の店みせは恥ぢらふやうにシャッター光らす

眼鏡屋と化粧品店と文具屋の息子らが友　われのみ生きて

病死が二、自殺死が一　たましひは七十年前の街にあそべり

酔つ払ひ見なくなりたる夜の街虫《バグ》のごとくにわれはさまよふ

秋海棠揺れつつ咲けりゆがみたる心臓形《ハート》の緑濃き葉の上に

土にゐるあふむけの蟬の白き腹天《あめ》なる雨に光をもてり

カーテンの裏に泊りゐし熊蟬を約束のごと朝逃がしたり

さなきだに

冷房の室外機こぼす水にゐる小《ち》さき青蛙寄り道らしも

小雨降る塀の蝸牛《くわぎう》の触角の先端は目か光をもてり

同じ場所に網張りてゐし細小の緑の蜘蛛の今朝見あたらず

にびいろの空の腹なりその下を飛ばさるるごと翔けゆく小鳥

テレビかく太さも色も異なれる腕まはり見す日日のニュースに

黙食の懇親といふ不思議なる会にわれらは箸うごかせり

「国文祭・芸文祭みやざき２０２０」のイベント会場の座席。

神様の御席と記す白き紙　ディスタンスのための空席に

老いの耳はブレークスルー防ぐにはブースター必要と言はれ解るや

暴力を使はず人を死なしむるウイルスさなきだに暴力の世に

燃えさかる地上の戦火かなしめど消すとはせざる見えざる手あり

奈落より生《あ》れきしごとく泣く赤子泣け泣け泣けとわれら祝《ほ》ぐなり

「経験のない」洪水と旱魃のおこる地球にいま生《あ》るる赤子

高部大問著『ドリーム・ハラスメント』。

夢すらもハラスメントになる現在　ジャングルジムは月光満たす

さすべえを持たねば合羽　燃えるごみと自転車に行く土砂降りの朝

近隣に解体おほし屋根の上《へ》に若きにまじり老いが瓦投ぐ

コンビニに歯刷子買ひに連れて行くトートバッグの若冲の虎

「和樂」の付録。

虎もよし群鶏もよし白象もよしと思へど百犬またよし

語りかけることあるやうに啼きながら近づきてきて猫ふいに逃ぐ

発送注文の電話。

クロネコのＡＩに氏名名告《なの》りたりＡＩはわれの何知りてゐる

勾玉のやうなカシューナッツらと深夜過ごせりワイン卓上に

真白になるまで納豆まぜてをり光臨するものいつでも待ちて

眼鏡三つ使ひわけをりペルソナを三つ位は使ひ分けるやうに

前からもまた後ろからも抱《だ》くことのなき者となり老いは抱かるる

内臓はからだといふよりこころかな真暗の部屋にあふむけに寝て

尾の赤き人魚を追へるぬばたまの夢よりさめし誕生日の夜《よ》

妄想の蛇を飼ひゐるわれゆゑか庭に出でても虫ら寄りこず

行きも抜かず帰りも抜かぬ狗尾草　ころりころりとよき秋招け

ひもすどり

野紺菊、野路菊、嫁菜一括しノギクと呼ばれ異を立てず咲く

風の音われより杳《くら》く水の音われより深く古人聴きけむ

なめくぢに塩ふりかけるわが妻を見たくなけれど見てゐたるなり

かたつむりとかげ騙して融かし食ふなめくぢ書きし賢治の心

「万葉集」三八二一。

スクランブル交差点行く人波に尺度《さかと》の娘子《をとめ》いまもあらむや

片手あげる両手をあげる手をあげず逢魔が時のどれもさよなら

いたづらに走るにあらぬ「用の美」の十本の手指の裏側のすぢ

祝宴のごと芒らの繁り戦ぐここまで来ればマスクは要らず

夜な夜なの夢に出でくれる人たちに銀河鉄道の旅費払ひたし

ひつぢ田に今朝も一羽ゐる日申鳥《ひもすどり》　無著と世親のすゑ世にありや

星のごと

色も香もなく澄みとほる光撒く青ぞら母がくれしものなり

申し訳なきまでに晴るる日向なり　降る雪の北にいやしけ吉事

風が打つ固き舗装路の隙間《あひ》に咲くすみれ流離の生も知りゐる

寅年の母にはあれどむらさきの花を愛でにき淡きも濃きも

この世よりあの世に行きて七年の母に励まさる寅の力に

寅年の母を想へば力出づ生きてしあらば百八歳の

返すもの何も持たぬに寒星の光りやまざる　無償の光

地球外生命もとより知らざれど吾がいのちけふ星のごと眺む

岩笛

まだ咲かぬ庭のみどりの蕗のたうときめく春の光を待てり

満開の紅梅の花の視線浴びくやしいけれどわれはにんげん

光りたつフードコートに自撮りする若きらの声はじけて聞こゆ

地球とふ雑居ビル今　火災あり地震ありそして殺戮つづく

疫病も地震も備へなき昔　否《いな》いまも備へなき人と国ある

映像にキーウの赤子見てゐたりわれの生れしころ思ひつつ

B29の飛来するなか我を負ひ疎開をせむと山路《やまぢ》行きし母

炎のみ虚空《こくう》にみてる　実朝の見たる炎をウクライナに視る

今になりブラックホール知りたるか人の心のブラックホールを

堤防に続く黄の花の導火線　胸に火を抱く者近づくな

暴力に勝つは優しさのはずなるを小鳥ひそかに葉群にゐたり

岩笛の鳴り響きゐし縄文の世を思ふなり戦《いくさ》なき世を

行けよ行け心の中の縄文へ　目つむれば常にできる出入《ではひ》り

寝流れの生《いのち》をおもふ夜のふけの交通信号機に足とどめゐて
人間の歌以前のうた知る鳥の声を聴きつつ動かずにあり

オウンゴール

静寂を吸ひ吐く闇か静寂が吸ひ吐く闇か　じんじんと冷ゆ

流れたる星の落命　地球上のどこかの誰かとへだて見てゐる

夜遅く捻子を巻くなり腕巻が喜び感じてゐる手応へに

冬の夜の夢の一コマああこれは付箋つけたいと思ふ夢の中

小島ゆかり歌集『雪麻呂』。

雪麻呂の頭も尻も見ゆるなき宮崎平野ひかりの跳梁

青空が大きな林檎食べてゐる子どもの絵なり子は空遣《つか》ひ

下向きに咲く臘梅の花のしづく　空にはとほい額《ひたひ》にうける

地下街をもたぬ明るき宮崎の街に冬蝶影濃く飛べり

わたしへの消息文《せうそくぶん》を書きたいか　しきりに鳴いて庭去らぬ鳥

似てゐるね童話と短歌は　猫柳の穂に触れながら猫柳の声で

鄙の地のゴミ収集所に監視カメラ眼を光らせぬわれも撮《うつ》して

延岡市の逸品。

皇帝《くわうてい》塩と小豆の力に厄払ふ立春大福いざやいただく

「まぎるる方なくただひとりあるのみこそよけれ」（兼好）

巣籠りのただひとりとは言へざるか死者を招きて家飲みするは

蒟蒻をにやむにやむと嚙む死なないで生き残りゐる七十八歳《ななじふはち》は

人の貌おぼえず犬の貌憶《おぼ》ゆ散歩に出会ふマスクの人ら

マンエンと言へば万延元年のフットボール思ふ世代の一人

二〇二一年二月、特措法改正。

昨年がマンエン元年　ウイルスの変異あらたにつづく蔓延

人の来ぬ来させぬ社会的距離《ソーシャルディスタンス》　日と月と風と雨が過客か

存分に咲きまた鳴きて死を知らず一丁字《いっていじ》識らぬ花と鳥とは

あけがたの大き雷鳴やみたれば何の合図か鴉らゐらく

鷹と鶏《とり》、狐と鶩鳥、狼と小羊　強きは鬼事《おにごと》たのし

雪原を走る戦車の映像に姿も心も見えない兵士

露悪《ろあく》の字ロシア悪しと読めてしまふ　むろん国民は政権と別

侵略者言へる「平和」は「兵は」なり眼光炯炯どこを見てゐる

中世より苦難の歴史続きをり　有苦来汝の字ひそかに当てぬ

人類にオウンゴールありくれなゐの千入《ちしほ》の空に今日がつつまる

かぎりなき森羅万象の一つなりベッドの赤子の一挙一動も

神の手は組み換へられて人の手に作り出されし青ざめた薔薇

月光に心をかざすことできず草の匂へる両手をかざす

勝負《かちまけ》なく生死《いきしに》もなく白雲はかがやき流る有か無かの世を

# 後記

本書は私の第十六歌集である。二〇一八年から今年二〇二二年春までの四年余の自選した作品を収めている。ほぼ年代順の四百八十首である。雑誌初出のときの連作構成に手を加えたものもある。私の七十四歳から七十八歳までの作品ということになる。

先に二〇一七年までの作品を第十四歌集『遠音よし　遠見よし』（現代短歌社）として出版した。その後、第十五歌集『光の庭』（ふらんす堂）を出版したが、この作品は二〇一七年にふらんす堂のホームページに書き下ろしで一年間連載したものである。したがって、今回の『言霊の風』は『遠音よし　遠見よし』に続く作品集ということになる。なお、付け加えさせてもらえば、二〇二〇年には彫刻家の田中等氏の石彫作品の写真に私の新作四十九首を添えた『MOON DROPS　月の雫』（鉱脈社）という楽しい出版もした。

二〇二〇年以来の新型コロナウイルスの感染拡大が世界で続いている。最近のニュースでは世界で五億人が感染したと伝えていた。いわゆるスペイン風邪のときは世界人口の三分の一が感染したという。ならば、今の地球では二十億人も感染ということがありうるか。

諸方面の専門家がさまざまな意見を述べている。ウイルスと人間の関係をどう捉えるか、自然と現代文明の関係はどうあるべきか、都市の「密」は社会生活として有意義また必然かなど、についてである。そして、いうまでもなく気候変動問題を初めとする地球環境の危機という大きな問題が目の前にある。そんな重大な問いを人類が突きつけられているときに、ロシア軍によるウクライナ侵攻が始まった。この後記を書いている今も、非人道的な殺戮が続いている。甚大な自然破壊も行われている。資源面や食糧面で、発達途上国はより苦境を強いられている。アメリカ軍のイラク空爆が記憶に蘇る。

私は宮崎市という地方に暮らし、新型コロナウイルス感染拡大のなかでこの二年あまりは県外にも出ず、文字通りの田舎暮らしである。四十年以上住んでいる今の家は市の北東の大島町平原《ひらばる》にある。古くは大島村である。近くにはニニギノミコトを祀る矢的原《やまとばる》神社、大島神社があり、少し離れた海岸近くにはイザナキノミコトとイザナミノミコトを祀る江田神社がある。平原の地名は元禄以前からあるという。原とは平らで広いところで、宮崎を含めて九州ではバルと言うのがふつうである。原野は野であり、ハルは「墾《は》る」つまり開墾の意味で、そのハルがバルになったらしい。東の方の一ツ葉海岸までは二キロ足らず、西の方には高千穂峰を遠望できる。家の小さな庭には野の花、山の花がおりおりに花を咲かせている。庭仕事はもっぱら妻の仕事で、私はほとんど眺めるだけだが、楽しんでいる。人類学者の長谷川眞理子氏が「近年のヒトによる他種の絶滅速度は、1日当たりで100種を超え、1年間では4万種が消えている。こんなことは今までにはなかった」と今年の初めに書いていたのに衝撃をうけた(「毎日新聞」二〇二二年一月九日付け「加速する種の絶滅」)。庭の植物やその花に集まってくる鳥や虫を私が歌ったところで彼らに対する何の応援にもならないが、そのいのちの営みには目を瞠らずにはいられない。短歌の根本のひとつに『万葉集』に見られる自然の崇拝や自然の擬人化がある。その伝統にも想いを馳せつつ自然と人間について考える試みを続けてみたいと思っている。その点で宮崎の生んだ若山牧水は大いなる先達である。
書名を『言霊の風』とした。次の一首に由っている。

牧歌的で言霊ふくんだ風のやうと日向弁聞きき石牟礼道子は

「みやざき今昔」

「みやざき今昔」の一連に出てくる『宮崎　文学の旅』は、宮崎に関わりのある内容をもつ古典から現代の小説・随想までを収めた上下二巻のアンソロジーで、そのなかに石牟礼道子氏の「日向衆闇かぐら」を収録している。保坂武文編『首なし部隊いつまた帰る――第一糖業争議始末』（葦書房）という写真集・記録集に序章として寄せられた文章である。以下に引いてみたい。

東京チッソ本社の前に、患者さんたちと座りこんでいた頃でした。いったい、どこからどうやって集まって来ていたのか、いわば、影の加勢人、助っ人たちが、お

そらく全国から来ていたとおもうのです。そして名前もつげずに立ち去ってゆく。（中略）

そのような影の加勢人たちには九州組、東京組、京・大阪組といたわけですが、九州訛も、ことに語り口がいっぷう牧歌的な日向弁が、言霊を含んだ風のように耳もとにきこえてくる日がありました。

ことばというものは、言霊、いったん言葉となって発せられたならば、魂を持つものだと固く思いこんでいるわたしは、魂のうすいような、饒舌すぎる東京弁に、詩的飢餓感をおぼえていたものですから、それこそ南の風のように、ほとほと渡ってくる日向弁をきくと、心がうるおって、いい夢を見るんじゃないかと、その夜は胸の中で鈴が鳴っているような気持になるのでした。なにしろ、雪をかむって、コンクリートの野天に寝てしまうような日夜でしたから。（中略）

「石牟礼さんな、まだ帰りやらんと？」

「と？」と語尾のあがるやさしいアクセントは、まるで言葉になる前の、うたをうたいかけられたような気分のものでした。

石牟礼氏はこの座り込みから五年後に宮崎を訪れ、第一糖業争議に加わった若者たちとの座談会に出席してたっぷり日向弁をきくことになり、その座談会も『首なし部隊いつまた帰る』に収録されているのだが、その話は略することにして、それにしても石牟礼氏が日向弁について語っている文章は、日ごろ日向弁を話している私からすると、恥ずかしく照れくさい。「言霊を含んだ風のよう」の言葉には驚いた。それで先のような一首を私は詠んだのだった。したがって、本書のタイトルは石牟礼氏にいただいたものといっていい。天国の石牟礼氏に有難うと申し上げたい。そして、いわば野天の冷たいコンクリートのような世にむけて「言霊の風」が私の歌にも吹き、読者にほとほとと届くようなことがあったら嬉しいと思う。

佐佐木幸綱氏は、私が「心の花」に入会して以来ずっと、今年で五十五年と思うが、いつも大きな支えになってくださった。佐佐木氏や「心の花」の仲間、また多くの歌友なくては今日の私の歌はなかったと思う。あらためて感謝の気持ちを述べたい。

この度の出版は角川文化振興財団にお願いしお世話になった。第十歌集『微笑の空』（角川書店）以来だから久しぶりであり、本のできあがりが楽しみである。『短歌』の前編集長の石川一郎氏、現編集長の矢野敦志氏、編集部の吉田光宏氏を初めとするスタッフの方々に心からお礼申し上げる。また歌集『土と人と星』を素晴らしい装画・装本で喜ばせてくれた倉本修氏が今回も装幀を引き受けて下さったという。楽しみである。倉本さん、有難うございます。

伊藤一彦

二〇二二年六月

著者略歴

伊藤一彦（いとう　かずひこ）

1943年　宮崎市生まれ。
「心の花」会員。「現代短歌　南の会」代表。
若山牧水記念文学館館長。

1996年　歌集『海号の歌』で第47回読売文学賞詩歌俳句賞受賞
2005年　歌集『新月の蜜』で第10回寺山修司短歌賞受賞
2008年　歌集『微笑の空』で第42回迢空賞を受賞
2010年　歌集『月の夜声』で第21回齋藤茂吉短歌文学賞受賞
2013年　歌集『待ち時間』で第5回小野市詩歌文学賞受賞
2015年　歌集『土と人と星』、評論『若山牧水――その親和力を読む』などにより第38回現代短歌大賞受賞
2016年　歌集『土と人と星』などにより第57回毎日芸術賞、第9回日本一行詩大賞受賞
2018年　歌集『遠音よし遠見よし』で第33回詩歌文学館賞受賞
2019年　第3回井上靖記念文化賞特別賞受賞
2022年　「さなきだに」（二十八首、角川『短歌』2021年11月号発表）で第58回短歌研究賞受賞

歌集　言霊《ことだま》の風《かぜ》

2022（令和4）年9月12日　初版発行

著　者　伊藤一彦
発行者　石川一郎
発　行　公益財団法人 角川文化振興財団
〒359-0023 埼玉県所沢市東所沢和田3-31-3
ところざわサクラタウン 角川武蔵野ミュージアム
電話 050-1742-0634
https://www.kadokawa-zaidan.or.jp/
発　売　株式会社 KADOKAWA
〒102-8177 東京都千代田区富士見2-13-3
電話 0570-002-301（ナビダイヤル）
https://www.kadokawa.co.jp/
印刷製本　中央精版印刷株式会社
 ISBN978-4-04-884493-2 C0092